怕浪費奶奶開動了

文・圖 真珠真理子

譯 詹慕如

怕浪費奶奶來啦！

喊完「開動！」開始吃飯後，
如果一直挑食，
不吃這個、不吃那個，
奶奶就會一邊說「真可惜」，
一邊走過來唷。

「討厭胡蘿蔔，
討厭青椒。」

「也討厭其他所有蔬菜。」

「真可惜！」

「不管是胡蘿蔔或青椒，
多吃青菜身體才會健康啊！
嘿！呦！喝！
你不吃這些寶貴的食物，
真是太可惜了。」

「討厭魚，
討厭肉。」

「真可惜！」

「多吃魚、肉、豆類、牛奶，
可以讓你長得又高又壯！
咻——
不吃這些寶貴的食物，
真是太可惜了。」

「討厭海帶芽，
討厭鹿尾菜，
最最最最討厭香菇！」

「真可惜！」

「吃了海帶芽、鹿尾菜和香菇，
身體每天都會很舒服唷。
輕——飄——飄——
不吃這些寶貴的食物，
真是太可惜了。」

「這個也討厭，那個也討厭，

那你到底想吃什麼？

有你不討厭的東西嗎？」

「我最喜歡草莓、蘋果、香蕉，
還有橘子！」

「這樣就不會可惜了，很好很好。
但是只吃水果真可惜，
其他食物也要一起吃才行啊！」

「白飯呢？」

「討厭。」

「麵包呢？」

「討厭。」

「太可惜了！」

「白飯和麵包，還有烏龍麵和蕎麥麵，
都可以讓你充滿活力，
讓你開心玩耍。
不吃這些寶貴的食物，
真是太可惜了。
應該要全部吃完，一點也不能剩！」

「為什麼不能剩？」

「因為，為了讓
大家有東西吃，
有的人努力養殖、栽種
各種食物。

有的人用心烹調，
把食物變得更好吃。
這裡面包含了
很多溫暖和體貼的心意呢！」

「所以我們要心存感激，
一點也不剩的
全部吃光光唷。」

咬！

「你看，很好吃吧！」

「謝謝招待！」

作者後記

「可惜」是什麼意思？有一天兒子這麼問我。

到底該怎麼解釋「可惜」這個概念呢？聽說在英文裡沒有完全對應的單字，在日文裡似乎也不容易說明清楚……這到底是什麼意思呢？為了能清楚說明這個概念，我畫了這套繪本《怕浪費奶奶》。

在我們的國家，有取之不盡、用之不竭的食物和物品，孩子們要切身體會「可惜」這件事，並不容易。

「可惜」這個詞彙，通常會在我們沒有把東西的價值發揮完全就丟棄，或者過於浪費的時候使用。在這兩個字裡，包含著我們對自然的恩惠、對提供物品的人應有的感謝和體貼。

希望閱讀這本繪本的孩子們能夠知道，智慧和創意可以幫助我們在日常生活中找到答案，同時也希望孩子們都能擁有愛物惜物的心，懷抱著愛和體諒，開心的學會什麼是「懂得可惜」。

真珠真理子

作者簡介

真珠真理子

出生於日本神戶，在大阪與紐約的設計學校學習繪本創作。2004 年出版的《怕浪費奶奶》（もったいないばあさん）大受歡迎，在日本獲得許多繪本獎項，並且在每日新聞、朝日小學生新聞等報紙開始連載，至今發行了 17 本系列作品，銷量突破 100 萬冊，並售出多國語言版權。

真珠真理子筆下的「怕浪費奶奶」多年來持續收到世界各地孩子們的喜愛，2008 年開始在日本各地展開「怕浪費奶奶 World Report」巡迴展覽，呼籲大眾關注地球上與我們生活息息相關的各種問題，並在 2020 年動畫化。

繪本 0272

怕浪費奶奶開動了

文・圖｜真珠真理子（真珠まりこ）
譯｜詹慕如

責任編輯｜李寧紜
特約編輯｜劉握瑜
封面設計｜王薏雯
行銷企劃｜劉盈萱

天下雜誌群創辦人｜殷允芃
董事長兼執行長｜何琦瑜
媒體暨產品事業群
總經理｜游玉雪
副總經理｜林彥傑
總編輯｜林欣靜
行銷總監｜林育菁
副總監｜蔡忠琦
版權主任｜何晨瑋、黃微真

出版者｜親子天下股份有限公司
地址｜台北市 104 建國北路一段 96 號 4 樓
電話｜（02）2509-2800　傳真｜（02）2509-2462
網址｜www.parenting.com.tw
讀者服務專線｜（02）2662-0332　週一～週五：09:00~17:30
傳真｜（02）2662-6048　客服信箱｜parenting@cw.com.tw
法律顧問｜台英國際商務法律事務所・羅明通律師
內頁排版、製版印刷｜中原造像股份有限公司
總經銷｜大和圖書有限公司　電話：（02）8990-2588

出版日期｜2021 年 5 月第一版第一次印行
2024 年 4 月第一版第四次印行

定價｜320 元
書號｜BKKP0272P
ISBN｜978-957-503-979-0（精裝）

訂購服務
親子天下 Shopping｜shopping.parenting.com.tw
海外・大量訂購｜parenting@cw.com.tw
書香花園｜台北市建國北路二段 6 巷 11 號　電話（02）2506-1635
劃撥帳號｜50331356　親子天下股份有限公司

立即購買 >
親子天下 Shopping
有聲故事書

國家圖書館出版品預行編目 (CIP) 資料

怕浪費奶奶開動了 / 真珠真理子文．圖；詹慕如譯．-- 第一版．-- 臺北市：親子天下股份有限公司，2021.05
40 面；　21×29.7 公分

ISBN 978-957-503-979-0(精裝)

861.599　　110004471